텅 빈 부재

텅 빈 부재

김길웅의 제7시집

정은출판

| 시인의 말 |

자연, 삶, 일상, 내면, 사상事象과 회고가 내 시적 대상이다
하지만 내 시에, 내 은유가 없다.
오늘도, 시의 공간으로 헛바람만 들락거린다.
쓴다고 모두 시가 아니라, 가슴이 조면암처럼 구멍 숭숭하다.
분명 나는 있는데 내 범주에 내 시가 없으니,
'텅 빈 부재'다.
그래도 무엇이 꿈틀하기로 옥상에 올랐다 내린다.
여여히 산이 다가왔고 바다는 한낮의 열기를 식히며 누워 있다.
비 갠 뒤라선지 저녁놀이 고왔다.

2018. 7

어느 저녁놀이 고운 날

東甫 김길웅

| 텅 빈 부재 |

2.

3.

1.

녹우綠雨

진즉 화의畵意였지
연둣빛 위로 내린다고
푸른 것 아니다

어미 가슴에 매달렸던
젖내의 기억
부슬부슬 내리는 빗소리에
깨어 눈 비비며
세상 속으로 스미는
첫나들이

발자국 소리에
새벽 잠 깨어 눈 깜빡이는
아이로 앉았던 5월이
흠씬 비 맞으며

계절이 오는 길목으로
푸른 손 내밀다.

늙지 않는 나무

들고 나던 생을
가파르게 덮어 온 손이
날다 추락한 날의 낙망을 수선한다고
헌 날개를 깁고 있었습니다

뒷전에서 바닷소리 밀린 날
긴 골목에 무성한 황폐가 적막을
키운 지 오랜데
길 위엔 그때의 온기가
벌레소리로 흐르고 있었습니다

길의 폐쇄는 서럽지만
이제 길 아닌 길을 걸어
옛 집 어귀에서 와락 안기는데 낡은
시간의 허물을 벗고 나는
아이가 됐습니다

한 그루
아잇적 그늘이던
나무는 아직도
내게 깊은 그늘이었습니다.

6월의 정원

곱게 낯 씻고 나서네.

심록의 나무와 꽃들의 분홍 채색 위로 활강하는 새의 날갯짓이 낮게 앉은 풀의 늘어진 졸음을 깨우는데 가슴 설레 뛰쳐나온 시골 숫색시 볼 발그레 달아올라 6월.

먼 데서 달려온 한 쾌기 바람 토종감나무 우듬지에 머물러 고단한 몸 다독이고 하늘이 낮게 굽어보는 아래로 살아 있는 것들의 살아가는 온갖 행동거지들이 햇살과 바람 속으로 파닥이며 번져 정원은 지금, 팔딱팔딱 튀는 생명의 가장 고양된 자락에 피어난 지상 낙원.

한바탕 굿판이네.

무더위

끼룩 끼룩 허공을 활강하는 새
수족관인 것도 잊은 채 제한된 자유를 유영하는 붕어들 삼매경
언덕에 다리 벋고 앉아 바다를 굽어보는 키 작은 들풀이 부러운 여름 한낮
줄줄 흐르는 땀을 닦아내며
자판을 더듬거리는 쪼글쪼글한 손이 조합해 내는 문장을
포획하며 정글의 제왕이라도 된 듯 히죽히죽 웃고 있는 글쟁이에겐
이 한철 무더위쯤

처네로 애 업은 어미처럼 몇 번 들추며
넘기는 것이지, 삶인 걸.

농무 2

노상 다니던 길을 잃어 구름처럼 피어올랐던 한 가닥 가리사니도 몇 마장 안 숲속에 갇혔다. 비손으로 낯익은 이름부터 차례로 불러 보지만 답하는 이 없어 내 이름 되돌아오지 않는다. 겹겹이 에워싼 울분의 타래에 날개 꺾이더니 다리까지 접질린 새 숨죽였고 엊그제 베갯맡에 피워 어루만지던 작은 꽃도 져 버렸다. 실재하지 않는 전후좌우의 한복판에 서서 놓친 길을 복원하려다 손대기 전 소진해 안절부절못하는 미아.

군무群舞

수천
수만이
하나 되어
감싸고
돌다
날아오르는
거대한
저
감성
덩어리.

꽃 진 자리

말수 없는 그에게도 말할
자리가 있었다

한창 솟아오를 때
한 조각 기쁨쯤 말하려다
갓 피어난 꽃 앞에
그만
말을 잊었다

꽃 앞은 황홀하거늘
무슨 말을 하리

석 달 열흘
입 다물고 있던 배롱나무도
꽃 진 자리에 나앉아
입 다물었다

이제
무슨 말을 하겠느냐.

꽃의 이력

걸어온 길에 대한 진술이다.

검은 구름이 목비를 준비하며 꿈꿔
맛깔나게 달달한 적 있었다고.
그때, 꼭 쥐었던 간절한 주먹 풀며 하늘 우러러
구름 틈새로 새어나오던 한 줄기
빛에 달떠 있었노라고.
뒤로, 구만리장공을 날으려 한 일이,
나무를 뿌리째 넘어뜨린 바람이 침묵에 들려는 즈음
풀들 소스라쳐 일어나던 일이
신기했다고.
핵심을 쥐어짜던 치통의 기억 너머 돋아나는 앳된
아잇적 웃음을 얻노라
삶이 웃는 연습에 돌입한 지 오래
생살 찢던 그 어금니 둘을 발치한 아침

동창에 돋아난 해 불끈 품다.

나목裸木

꿈꾸려면, 꿈꾸기 위해 시간에 절은 옷을 벗어야 한다. 옷 벗은 자리로 내리는 생광하는 햇살이 원하는 것은 기억 너머 잊었던 유년의 복원이다. 돈 한 닢, 사유 한 가닥 가진 게 없던 때로의 회귀는 지금 갖고 있는 것을 아주 버릴 때 가능한 것이라 마지막 한 꺼풀까지 벗어놓은 것이지. 들어 내놓고 드러낸 위로 속살을 핥고 지나는 바람의 거친 손이 최소한 계절을 완성할 것이고 계절이 쌓여 역사 속으로 한 생애의 자락을 틀어 갈 것이다. 생애의 기술에 기여하는 것은 단지 업적이 아니라 문자가 기록할 불과 몇 장의 순백색 종이일진대 나무가 활활 옷을 벗는 것이야말로 누군가 쓰는 자서전을 훨씬 능가하는 퍼포먼스이지.

하늬

목맨다. 거느리고 오는 소리야 그런 거지만 스산한 네 손길이 등 굽은 사람을 흔들며 광야를 지나 고샅으로 오더니 마당구석까지 장악하는 서슬에 주눅 들게 첫 추위가 낯설다. 해묵은 이명을 밀어낸 자리로 횡행하는 점령군의 거친 군화발자국 소리. 다 잦다 가까스로 심폐 소생한 바다의 밭은 숨소리가 해안까지 달려온 파도의 마지막 스퍼트에 산산이 찢어져 까만 바위 위로 열린 섬의 허공에 천만 개의 알갱이로 비산하는 겨울 한낮의 퍼포먼스는 영락없는 원시다.

낙엽수의 변

아우성치지도 구시렁거리지도 마라. 푸념도 늘어놓지 마라. 한겨울 새벽 말씀이 하늬 타고 귓전으로 떨어진다. 잎들 지는 게 색깔을 입었다 벗어던지는 한 찰나의 마술인 걸, 냉온 한란이 다 신의 입김인 걸, 이제야 제법 알아 간다. 염화시중의 미소를 아느냐. 먹장구름 갈라진 틈으로 내린 한 줌 햇살에 귀 기울이면 언뜻 재잘재잘 건천에 눈 슬어 흐르는 소리. 앞산 기지개 켜며 발돋움하고 개울 가 버들개지 눈 뜬다는데 무슨 말을 따로 하겠느냐. 팔다리 타고 어깨로 기어올라 온몸 뒤흔드는 이 전율.

낙엽수

며칠째
무서리 내린 아침
옷가지 하나 없이 나앉아
천성이 굽지 않은
등허리
뼈대
희
다

삭풍이라고
언제 말을 하였더냐
많은 말을
갖되
침묵이 오래라 해묵은
말씀이네
여

여

히.

가을비 4

지난여름 폭염에 잠방이 걷어 올리고 맨발로 솔숲 바닷가에 섰던 왜가리는 날아가고 없을까

뭍을 끼고 자맥질하던 청둥오리 떼는 그 바다에 떠 목 울림판 열어 놓고 하늘 향해 계절의 고난을 목청껏 게워 내고 있을까

앞마당 감나무가 오랜 가뭄 뒤 마른 허공으로 쏟아지는 비에 홍겨웠는지 무더기로 잎을 내려놓고 있다

옆에서 젖은 눈 껌뻑거리며 꾹 다물었던 입을 열어 세상을 받아들이는지 웅크려 앉은 커다란 돌 하나 지금 무슨 토설에 열중이다

분명코 가을을 끌어안으려는 신뢰의 언사이거니.

숫눈

잠 깰라
제발
건드리지 마라
손끝도 대지 마라
어둠을 좇아
샛하얗게 빛나는
어머니의
대지에 길게 누워라
요람을 덮은 하얀 솜이불
발끝까지 덮어 써
밤새
저
아릿한
배냇냄새.

2.

독감
집어등
분재의 말 2
내 안의 결
술의 연주
맞춰지지 않는 퍼즐
새벽의 속살
청소 2
설야
설야 2
늙음 2
해토머리
영산홍
꿈 8

독감

설산雪山을 오르는 것도 아닌데 아뜩한 꼭대기에 대롱대롱 매달려 숨 받고 잉걸로 타오르는 콧속 불, 눈앞이 가물가물하여라.

집어등

한때,
밤바다를 낮처럼 밝혔다.

늙어 바다를 잊으려는
등 굽은 어부

피붙이 여남은 앉고 서고 다들
활짝 웃고 있는
그의 가족사진 옆에

훈장처럼
걸어 놓은
빛나는 등불이다.

분재의 말 2

내 젊은 시절 한때의 회고.

어떤 빼센 손에 얻어 걸려 이백 여섯 마디 뼈다귀 맞추느라 삼백예순날을 울고불고 했다.

종당에 나를 놓아 버렸다.

휜 대로 꼬인 대로 뒤틀린 대로 평생 그렇게 기울 수밖에 없다.

이력을 아는지 못 보던 새 찾아와 늘어진 음계로 조금 낮게 울다 간다.

자주 오며 나와의 터수를 늘릴 양이다.

안 오면 기다린다.

행여 왔다 가는 날엔 나도 날개 달아 마장 밖을 돌다 오긴 하나, 기억 속의 산야는 찾지 않는다.

지난날들을 지우니 올 날이 만져질 것 같다.

빛이 들고 있다.

내 안의 결

너울 치던 기억
왕창 맞던 그때의 비
불타던 여름 가뭄
三冬에 언 손 녹이던 질화로 불씨

여섯 식솔 거느려 긴긴 낮
어머니 허리 휘었지
당신의 굵은 손가락 마디마디 아리던
겨울 바람소리

묵묵히 시간의 손끝이 새겨놓은
강약과 완급

금실 햇살 같은
실개천 같은
어느 해 기세등등하던 강물 같은

작달비 그 빗줄기 같은
눈발 성성하던

술의 연주

두 잔에
슬슬 조이기 시작한
絃이
한 병으로
간간이 훌쩍이다
두세 병 털어내고 나면
소리 내어
펑펑 울어 버린다

이슥한 밤
반 고호의 사이프러스가
하늘에 닿고
그 뒤로
絃이 비틀거리며
울어
음악을
벗어난다.

맞춰지지 않는 퍼즐

아침에 울다 간
휘파람새
유월의 숲에 숨찼을까
산 내려 야속하게
한나절을
두세 마디 울어 가는 바람에
돋아난 기억 속
맞춰지지 않는 퍼즐
가슴 에는 그게
그게 울다 간 새소리 빛이었나
일찌감치 떠난
그런,
이젠 아득한데도
아릿하게 오는
어릴 적
고운 목소리 소녀의
그 눈매 같으니.

새벽의 속살

쪼글쪼글한 어떤 손이 싹싹 비비며 빛을 그러모으고 있다. 비손에게서 광명의 물 한 모금 받아 목축일 양으로 가파른 등성이를 어정거리는데 자꾸 헛발질이다. 자빠지면 일어나고 자빠지면 다시 일어나 중심 잡으려 해도 속절없다. 그 자리에 서 버린 정지된 운신에도 간밤 꾸던 미완의 꿈 한 조각 깃들어 내게 날개를 달아 주려 버둥거리는 손. 게슴츠레한 허공 속으로 만져지는 새벽의 속살에 서린 한 줌 온기에 돋아난 눈빛이 먼 데서 오는 말씀 읽어 내리고 어언 그 소리에 깨어나 눈 껌뻑거린다. 지워도 지워지지 않고 살아나는 음성이 높고 견고한 관념의 벽을 허물며 나를 끌어내고 있다. 문득 손을 벋어 만져지는 물컹한 살 냄새. 무명의 시간, 이슬 밟고 와 계신 어머니!

청소 2

단지
비질이 아니다
마음에 오래 눌어붙은
더께를 씻어
맑은
영혼과 눈 맞추려
두 손 모은
비손

설야

두 손 놓고 있으라
소녀의 눈빛으로 하얀 밤
너와나 할 것 없다
그리던 것으로
눈이 시리디시린데
말하려던 것 쓰려던 것
다 내려놓으라

저게 무위無爲이네
우리가 갖고 있어 오만한
그것들이 있기 전
꿈꾸기도 전
그 이전의 것들이
소도록이 와 있는 밤
입 다물고 있으라
이 밤 아득한 그 숨결에
귀 기울여

무얼 더 말할 것이냐

끝없이 눈은 쌓이고
밤을 뚫어 지나는 소리
우리가 알 수 없는
애초의 그 하늘을 흔들던
그때의 바람

설야 2

이 밤을
한글은 뭐라 적을까

시간이 역류하다 임계점에서
멈추는 순간
닿은, 눈의 불가해한 세상

여기, 발 놓아
하릴없이 가라앉는
순일한 밤

겁劫 시절의
바람도 숨죽인
고요

차마
잠을 자리야

늙음 2

젊음의 대척점에 늙음이 있지 않다
늙음은 패키지가 아니다
애초 예정된 곳으로 시간이 끌고 가며 떼어 놓지 못하는 임의동행
이정표가 들어서야 할 처처에 모질이도 몇 날 며칠 휘젓다 하산한 바람만 머무른다
이랑 내며 깊이 파인 골짝으로 물 흐르는 소리에 귀 세우나니, 그래도 그새 안에 다 재어 놓은 양식이 작은 동산만하네
올라앉으니 세상이 참 장엄하다.

해토머리

눈앞에 무엇이 고물거린다
언 땅에서
벌레 한 마리 기어 나오더니
온데간데없다
쏟아져 내리는 한 줌 햇살에 마당가
자목련 빈 가지엔
아린이 볕 쬐고 거풍한다고
겨우내 묻어 놨던
배냇저고릴 꺼내들었다.

영산홍

뜬금없이 내게로
비를 걷어내며 줄줄 빛이 새는 아침이 와 있었다
이제 때가 됐다고 생각한 것일까
무거운 어깨를 흔들며 어미 속살 같은 흙 위로 고개를 내밀었을 때
구름이 지나다 기웃거리게
밤새 물들여 재어 놓은 네 진분홍이 고울 수밖에 없었다
물색이 이미 통속을 벗었구나
널 본 낯익은 새들도 오늘은 나무 그늘에 앉아 해맑은 소리만
고르고 있다
그랬던 게로구나, 비 갠 날 아침이, 왠지 낯설더라
시리게 내린 빛

꿈 8

저만치 달아나는 봄
봄꿈은 개꿈
설정 가능한 무대인가

꿈속으로 지적이며 비 뿌리고 바람이 분다
비바람 속에서 사람들이 웅성거리며 어디론가 흐르다
돌아서 일제히 퍼붓는 악다구니 허공을 찢더니
평온하던 세상이 일그러지고
꿈속에서 한 서생이 오열하고 있다
소설보다 묘사적인 울음
근원을 알 수 없는 울음이 현실보다 더 허무한 서사 속으로
그를 이입시킨다
꿈속에서 그는 내가 아니라고 소리 지르지만
허황한 퍼포먼스
내가 그로 환치돼 흐르는 꿈의 망망대해 위로 한 척
난파선이 뜨고 거기 혼자 버둥대는 나
이제 시나리오에서 역할은 바뀌지 않는다고 한다

얼마를 내려야 끝나는가
어지간히 시달려 이젠 노를 젓지 않아도 흐른다

더 이상 몸의 노역은 없을 것 같아도
어느새 지쳐 나른하다
돌아오고 싶다.

3.

알파고
우중 산책
일상
푸른 이유는 따로 있었다
일탈
요즈음
어느 날의 일기
그들과 함께
그럴 때
일기
문법
미완성
다시 신새벽에

알파고

그날, 모골 송연했느니
눈에 안 보이는 자가 바둑을 뒀다
다섯 번 중
천재 이세돌을 네 번 이겨 버렸다
알파고, 인류의 내습자
'영역을 침탈당하고 있다'
잠자던 불안과 슬픔을 일시에 깨웠다
이제 거기까지 갔다
사람이 만든 녀석이 가는 거긴데
사람은 문턱을 주억거린다
모순 논리가 종당에
사람을 흐느끼게 할 것인데 뜬금없이
다른 알파고들이 나타나
사람의 코빼기를 쥐어박을 것이다
바둑에서 보았듯 끝나면
돌아앉을 뿐
위로의 한마디 할 줄 모른다

기계엔 심장이 없다
알파고에게 인간이 자리를 허했다
분명해졌느니
호모 사피엔스의 굴욕.

우중 산책

우산 없이
이 나이를 빗속에 서면
내리며
내게 포개지는 우연 속으로
걸음이 궤를 벗어나
느리다

안개를 걷으며
너끈히
한 마장쯤 걸었는데도
아이처럼
그을 생각을 않고 있다

가끔은
이런 작은 이변이 있기도 하여
비를 기다리는 양
바람 자 품 너른

빗속으로 들어설수록 지금
어딜 걷는지는
잊어도 된다.

일상

노상 해 왔듯
그렇게 흐르는 거지만
흔들릴 땐 흔들리기도 한다
늘 보는 풍경인데
언젠가 한쪽 귀가 뒤틀렸다
큰일 아니다
구겨지면 펴는 거고
금가면 땜질하는 거고
얼룩은 빼는 거고
지워진 건 그려 넣는 거다
톡톡 튀려 할 땐
같이 튀면 되는 거지만
내려설 염려에
잡아매고 튀기로 하는 거다
늘 그만그만하기로
편타
조금은 흔들리는 거.

푸른 이유는 따로 있었다

4월 들어 어떤 손이 뜰 구석구석 연둣빛으로 도배하는데 그중 눈 가는 게 동창 앞 백매 새잎, 풋풋한 아이 눈빛이다. 1월 눈 속에 꽃 만개해 놀랐더니 꽃 한 달 넘어 지자 꽃 진 자리에 잎눈 틔우는 깐깐한 도생을 바라보며 눈을 못 떼네. 설한에 부대끼며 근기 단단해졌으리. 온몸 친친 두른 기운 오죽 야무지게 푸른가. 연 사흘 는개 속에 옴쳤다 스르륵 빗물 흘러내리느니 윤색 아니냐. 빗속으로 여름을 그리며 가지 겨드랑이마다 매실 한두 알 숨겼으리. 열매 신 게 우연이 아닌 걸 종심에야 아슴푸레 알아 가나니, 연둣빛은 곱기만 한 게 아니다. 매실로 신산하라 푸를 수밖에 없다.

일탈

탈주선엔
아직
펄럭이는 깃발이 없다
먼 데로 떠나며
나를 붙들던 것의 머리를
밟고 가려 한다
접혀 있지만 짓밟혀도 나부낄 깃발을
나는 품고 있다
딱딱한 틀을 벗었으니
이쯤 내달리다
날개를 내놓아야지
오래 묵은 관계에서 해지된
자유 하나
벌러덩
바다에 누웠다.

요즈음

시간이 공기처럼 마시는 것으로 느껴지는 건 전에 없던 경험인데, 그게 빠르게 흐르는 물살로 크게 들리거나 눈앞에 흔들리는 실물로 보이기까지 하니 내 안력이 맑아질 리는 없고 필시 그것의 더께가 과부하로 짐이 되네. 그걸 벗어던지려 불끈 힘을 내는 것 같으니 착시인 게 명백해진 일이네.

그걸 알게 된 이후로 요즈음, 들어도 그만 보아도 그만 곁길로 어정어정 나다니고 있지만, 그게 다 소용 없는 노릇으로 요령 피운다고 되는 일이 따로 있는 걸 인제 알아 가네.

우습게도 요즈음 내 하는 일이 대저 이러하네.

어느 날의 일기

길 건너 해무에 눈이 부옇다.

무연히 바닷길을 한 바퀴 돌고 와 마당을 서성이다, 채워지지 않은 허기가 사람을 옥상으로 밀어 올린다.

이상한 부상浮上이다.

산을 등지고 서서, 아잇적 누런 마분지 일기장에 하루생활을 눌러 적던 일이 생각나 히죽이 웃는다.

거울에 들여 놓고 싶은 웃음이다.

그런 날들이 있어 나이를 먹고 있지 않나.

지금은 인생의 목표가 옛 토벽에 대달던 푸른 등잔불 만하게 희미해진 채로라 그냥 앉아 일없이 지난날의 반추에만 기울어 간다.

생산이 없는 공허한 서생 말고, 마대에 알곡을 담을 뿐 계량計量 않는 농부였으면 좋았을 것을.

오늘이 내 남은 날을 위한 소모적 시간일 뿐, 무얼 하는 데 제공되지 않는다는 서러운 청빈이 잠을 더디 오게 하니 민망하다.

꿈꾸기 위해 잠을 자려 한다.

그들과 함께

수십 명 지적장애인들과 구내식당에서 점심을 함께하며 그냥저냥 아닌 사람으로 먹었는지 말았는지 모르게 밥을 먹었다. 배고팠겠지만 배고픔을 넘어 버린 게걸스러운 본능의 입질이 애처로워 눈을 보내다가 그들의 입과 눈과 귀 모든 것들이 오직 먹는 것에 침몰해 허우적거리는 순간순간을 바라보다 눈 마주칠까 봐 멈칫멈칫 훔쳐보는 게 죄스러워 내 입놀림에서 떠나 있는 시간이 그들 점심을 끝내는 것보다 훨씬 더 걸렸다. 도대체 무언가. 저렇게 먹는 것에 열중하니 생존인 것을 차마 그들을 가만히 바라볼 수가 없다. 잔반통에 빈 식판을 갖다 대고 숟가락으로 탁탁 털어내는 헛손질까지로 점심이 완결되는 동안 나는 그들의 일거수일투족에서 삶의 가장 애초의 원형을 저리도 저리게 느꼈다. 지워지지 않을 문양 하날 맘속 그윽한 곳에 그려 넣어 채색하다 울컥하더니 그 빛깔이 온통 숯 검댕 같은 검정 하나에 통합하고 잠시 눈을 감으니 그들 포만감이 참 곱네.

그럴 때

한여름 더위 먹은 가슴속에서 가물거리던 한 움큼 그리움 허물 벗으며 떠오를 때 닫혔던 담수 숨 터 불갈의 단물 콸콸 솟아나올 때 여러 해 곳간에 널브러졌던 말들 낯설게 수수한 눈빛으로 다가올 때 그리움에서 발원해 담수로 솟아 내 영혼의 언어로 몇 줄의 시가 올 때 그럴 때 한순간의 신명에 나는 자꾸 내 안을 기웃거리며 기억 속의 말들을 지우고 괴발개발 쓰다 또 지우고.

일기

아침에서 저녁으로 콸콸 소리 내며 시간이 흐르고 나는 낯선 하루를 자동 기술하듯 흐르는 시간에 떼밀린다. 어제 하던 일이 오늘로 이어지진 않고 오늘 새로운 일에 착수하지도 않은 답보가 눌어붙어 일상으로 들앉으려는데 그래도 어제의 끄나풀을 붙들고 문양으로 흔적 하날 남기려 버둥대고 있는 모습을 바라보며 실실 웃음이 나온다. 차마 내가 나를 지울 수는 없고 무언가 한 켜 얹어야 삶이라는 관념에 갇혀 있어 헐리는 건 분명 아픔인데 나는 오늘도 자꾸 아래로 꺼지고 있다. 허무의 근원 어디쯤에 다리를 묻고 서 있으면서 지나는 바람에 내가 뿌리째 흔들려 여러 번 나를 부추겨 보지만 한 치 위로 치솟을 기미는 없다. 이냥저냥 살자 하는데 마당으로 산 그림자 길게 내리니 이내 밤이 날 친친 에워쌀 테고 그 속으로 몸을 뉘면 거치적거리던 일상이 무너져 내리는 소리에 별안간 태평할 것이라.

문법

문법은 책에 나옴으로써 법으로 소명을 다한다.

그것이 언어에 족쇄를 채우면 한순간에 상념이 이울고 사유가 쪼그라들어 할딱거리다 소실하고 만다.

노래하지 못한 채 찰나에 망실하는 언어는 슬프다.

언어가 조작된 시공간 속에 유폐되면 현란한 춤사위는 끝난다.

그러나,

그것이 들판에 방목될 때 풀밭을 내달려 시가 된다.

미완성

손이 많이 갔지만 영혼이 떠나간 헛손질이었습니다. 언어가 없고 꿈이 없고 소리가 없었어요.

꽃이 진다 흐느낄 이유는 전혀 없었습니다. 지는 순간까지 꽃으로 있었기에 질 수 있었던 것인 걸요.

고열에 갇혀 태어난 청자에 행운이 있었던 건 아닙니다. 녹아 버릴 수 있었지만 안으로 든 낯선 바람을 비켜설 수 있었던 건 무욕이었으니까요.

완성까지는 돌아가야 하는 먼 길인 것을 압니다.

잊지 않으면 잊히지 않을 것을 믿어 몸이, 내 몸이 고스란히 기억하고 있었던 것일 텝니다.

완성까지는 부추기지 않으려 합니다.

다시 신새벽에

시간이
얌전히 일어나 앉더니
다시
아이 눈빛이다

간밤의 꿈을 지워 놓고
아직
무슨 기척이 없다

무얼 하려는지
손 곰지락거리긴 해도
지레
정하진 않았다

너를 내가 잊듯
네가 나를 잊어도 되는
아무 생각 없이

그냥
붕 떠 좋은

4.

나이 소회所懷

시나브로

심이心耳

에스프레소 라운지에서

명상

나이테 3

하루

득음

텅 빈 부재

詩作 노트

詩

응시

자유에 대한 寸感

자의식

의미망

나이 소회所懷

누구는

무게 잡으라
책임지라 하는데

모두
속절없다

몸 여위고
텅 빈
머릿속으로

땅만
보고 걸으니

등 굽다.

시나브로

보드레하다
나직이 사분사분하다
새소리
살랑거리는 들바람소리
개울물소리
돌맞이 아이 웃음소리다

처음엔
외래어 선율이라 했지
뒤늦게야
토박이 우리말인 걸 알아
놀란 뒤로
노상 되록되록
입에 놓아 중얼거리는 말
시나브로

어린 아기 젖니 돋듯

언 땅에서 노란 싹 올라오듯
내 시 속으로
는개에
고사리처럼 솟아났으면
시나브로

심이心耳

요즘 귀가 심상치 않다
물상들이 내는 멀쩡한 소리를 내 귀가
허투루 흘려버린다
싫은가
사람으로 살며
거부하는 건 아닐 텐데 사람 당혹케 하는
전에 없던 적막
바깥과의 교섭이 닫히면서 나는 늘
안에서 놀고 있다
절묘하다
어느 날, 소리 없는 소리 들린다
쫑긋이, 나무의 흔들림을 쳐다보는 내 귀
아이 눈빛에도 눈이 번쩍 띈다
단순해졌다
이런 화평한 세상이라니.

에스프레소 라운지에서

가윗날 에스프레소 라운지에서
아내는 리필 하는 아메리카노를 시키고
나는 한 방에 끝나는 카페라테를 시켰더니
잔에 뜬 흰 거품
하트 문양 우유가 같이 숨을 쉰다
수평으로 흐르는 공간에
통층으로 세워 놓은 수직이 한 세상으로 열려
커피 맛에 사람 보는 재미 얹힌다
카페라테완 두세 번의 조우
입안에 고여도 익숙지 않은 대면이라
혀끝이 쓰리다
무슨 상념의 꼬투리 꿈틀하지 않아
머리 긁적이다 나오고 말았다
가윗날 구름 잔뜩 껴
보름달 못 볼 거라는 늦은 오후.

명상

마음의 일이라
마음이 기울어야 하느니
꽃에 관하여
나무나 풀에 관하여 명상하려면
그 안에 들어가되
잠겨 버리면 안 되고 뜨기도 해야 하느니
뜨고 가라앉기를
숨 쉬듯이 하는 것
그리하여
눈 감아 꽃을 그리고
나무와 풀을 그리는 것
마침내
꽃이 되고
나무가 되고
풀이 되는 것이지.

나이테 3

야반에 그렸는데 신통하다
나이 먹으면서
셈 않던 걸 셈하며 앉았으니

뜻밖이다

쓴다면 자서전에 이르리라

'不立文字.'

하루

하루 이틀 사흘 나흘…이레 여드레… 하루의 다른 이름들. 스물네 시간을 한 토막에 싸 담아 백 하루, 백 이틀…하고 영속적으로 이어진다. 세던 사람이 지쳐 말을 잃어도 영속적으로 이어지는 하루. 그것들의 주검이 산을 이뤄 굽이치며 첩첩산중으로 아득한 세월이다. 겹이 겹으로 눌어붙으며 하루, 완성되지 않는 세월로 질주하는 하루의 달음박질. 알갱이를 그물로 포획해 입에 넣고 우걱우걱 씹을 수도 없다. 바람의 등에 업혀 걸려들지 않는, 오직 흐를 뿐으로 무색무취의 무엇이다.

득음

폭포 앞에서
밤 새
폭포소리로
울어 보았느냐

종내
폭포는 없고
네 소리뿐이더냐

그게,
눈물나게
낯설었더냐.

텅 빈 부재

나는 없었다
어디를 바람으로 떠돌았나

사람의 말이 싫어
펑펑
울어 버린 어눌한
나의 말

여름으로 지는 잎
자음과 모음의 이상한 조합이
목 쉰 기호로
길가에 나뒹구는데

오며가며 종적 감춘
바람의 흔적

없었다

마음이 없었다, 얼굴이 없었다
말도, 나도 없었다

하 오랜
텅 빈 부재.

詩作 노트

암만 보아도
내 말이 아니라서
뽑고 뽑는다.

뽑다 돌아앉으면
돋아나는
잡동사니 말

장맛비에
말쑥이 낯 씻고
이쪽으로 고개 쳐든
훼방꾼

내 말 같더니
눈 씻고 또 보아도
내 말 아니다.

詩 속으로
손 내미는 잡풀

또 뽑는다.

詩

겉은 고운데
속을 들여다보니 뿌옇다
겉 보고 속 모르니
눈 감고서도 보아야 한다
숨결 하나 놓치지 않으리라
어르고 달래고
살 한 점 떼어내 흔들어 가며
바람결에 고물거리는
속을 들여다보아야 한다
내 언어가 되려는
그 모든 것을 우리어 낸
속 깊은 곳을 짚어
그것들이 오랜 시간 묵히어
내 한살이 돼
어느 순간,
속울음으로 터져 나올 때
시詩다.

응시

나무와 풀빛이 숯 검댕이다
햇빛 속에 햇빛으로 속살이 초록을 잃었다
초록을 반납하고 어둠 속에 묻혔다
시간도 그들을 에워싼 채 긴긴 침묵에 들어 흐르다 멈췄다
빛이 따돌려도 눈은 잠시도 그들을 떠나지 않는다
감시하자는 게 아니라
사랑하려는 것이다
함께 흐르려는 것, 노래하려는 것이다
까닭 모르고 슬퍼하는 누구였든 타자를 끌어안으려는 것이다
번쩍 부시로 돌을 쳐 낸 불이 나를 깨운다
자빠지던 몸을 일으켜 손 가득 빛을 그러모으며 걸음을 딛는다
정수리를 쥐어박는 바람에도 흔들리지 않고
빛나는 눈이 허공을 뚫고 길을 낸다
나무와 풀이 입었던 옷을 활활 벗어 내던진다
빛 앞에 선 몸뚱이가 푸르다
시울 붉어진 눈에 나무와 풀, 초록이다
눈 시린 속살.

자유에 대한 寸感

민주니 경제 사회로까지 끌고 갈 것 없다
자유는 어머니가 탯줄을 끊는 순간 울음으로 터져 나왔다
낯선 해방공간에서 태 내를 왜 그리워하지 않을까
바깥세상의 논리적 자유보다 그곳 감금이 훨씬 달착지근했던 근본 탓이다
때로 죄 지어 가며 교도소의 구속된 자유를 선택하는 전과 몇 범에게도 그런 명분 따위가 있을지 모른다
고속도로상의 역주행과는 전혀 다르다
그럴 수밖에 없어 솟아나오는 그 어떤 갈망이다.

자의식

버스에서 내려
동네 어귀
고샅길을 오르는데
휜 허리가
삐걱거리는 소릴 낸다
안두에 앉으니
머릿속이 샛하얗다
길 건너
바다를 쓰렸더니
바다,
그게 없다
걸음걸음 길 위에
꽃으로
뿌리고 왔다.

의미망

틀에 가두면 갑갑해 느슨하게 풀어놓는 수도 없지 않지만 그도 마뜩찮은 것이라 그러모아 한 올 한 올 다시 잣는다. 씨와 날의 직조가 흐름을 타 불현듯 말할 때 고개 쳐들고 몇 줄의 글에도 이랑으로 놓인다. 더러 돌고 돌아 방황도 하지만 끝내 하나의 길에 회귀하는 어느 임계 지점에서 내가 갇혀 버려도 괜찮다. 세를 넓힐수록 그 행간이 깊고 분분하되 또 훈훈하여라.

5.

민달팽이 2
밭담
아포리즘
상수常數
내 방
문장
레가토
에어컨
돌하르방
종이와 잉크
종이컵
보청기 시대

민달팽이 2

내게 묻노니

스무 해
수필을 쓴다면서
저것
저것 반만큼

벗어도
보았느냐.

밭담

소유의 경계
이를테면 쌍방의 안팎을
잦다 굳어진
침묵하는 언어다

공간이 선을 그어 피차의
교섭을 놓아 버리고
우직하게 멈춰선 채 쌓이는
시간의 무게 묵직한데
유일하게 내왕이 자유자재한 바람이
그 무게를 충분히 받침으로
무너지는 일이 없었다

더는 발달하지 않는다

그래도
제주 밭담은

물리와 기하학의 절묘한
조합으로 모질이
강고하다.

아포리즘

무진장 펼쳐진 풀밭을
바람으로 달리다
산 내린 물줄기에 실려
강으로 흐르다
불쑥 눈앞으로 나선
병목현상
풀밭이 다한 곳
강으로 흐르다 말라붙은 길목으로
문득 앞을 가로막는
고사목 하나
물관이 막혀 버린 나무를
부둥켜안는다
마른 나무에 물 짜기
나는 지금
지독히
짧은 것에 목마르다.

상수常數

과거를 데리고 오늘로 와
어느 땐, 바위를 감돌더니 다독이며
도로 그 길
변수變數의 자리에 풀어 가는
방정식의 물은 상수常數네.

내 방

낯익은 것들이
낯설길 기다리다가
마음이 문을 닫아거는 곳
엄연히 눈 뜨되
나만 들여다보려 다 떠나보내고
혼자된 격절
건넌방 아내는 제 일상이 있을 테고
나는 이곳서 새로운 방황에
닻을 올린다
일체에서 떠나 늙어 가는 내가
좀 굵고 탐착할 것인데
문득 떠오른다
옛날 아버지가 사랑채 방 하날 차지해
몇 날에 짜내던 멱서리의
촘촘한 직조
한손에 짜나오던 촘촘한 것
매듭 하나

그걸 뽑아내지 못한다
시의 첫 말.

문장

수식어와 접속부사를 쳐내 제법 깔끔해졌다고 콧노래 흥얼거리다 거울 속에 문장을 펼쳐 놓았더니 너무 밋밋해 단조하다. 어휘들로 잡동사니 돼선 안되겠으나 저항의 목소리가 아니어도 눈 크게 떠 흘겨본다든지 좀 부스스 일어서는 시선이 있어야 할 것 같아 접어 버린다. 요즘 젊은이들은 머리를 들쑤셔 헝클어 놓고 멋을 내던데.

레가토

너와 나 사이를 결어 놓는 씨와 날, 그게
소리 없이 개울물로 흐르는.
이것이 저것으로 옮아가는 작은 다리, 그를 따라
부들 사이를 소금쟁이 미끄러진다.
끊어질 듯 이어지는 화해의 손길, 마침내 미소를
불러 조그맣게 연못에 이는 파문, 소리 없이
소리로 번진다, 기어이
흠결을 지우며 하나의 소리로 완성되는.

에어컨

자연 친화는 사실대로 살아 실사구시다. 친화는 구두선이 아닌 실천이다. 자연 친화를 달고 사는 사람은 죽으나 사나 자연을 떠나선 안 된다. 폭염이라고 구시렁거리는 건 그런다 치고 불편하게 나무 그늘에 앉아 부채로 바람을 부칠지언정 온종일 방안에 에어컨 틀어 죽치고 누운 건 덕목에 없는 일이다.

돌하르방

어느 핸가 사람들을 가시울타리 안에 가둬 놓던 염병에 짓물러 터졌거니 한때 건천에서 땟국 거멓게 흐르는 헌 옷가지 주무르듯 섬사람을 문질러대며 지나간 숭숭하여라 박박 얽어 조야한 마마자국 눈물겹다. 밖에서 섬을 넘보던 무리를 한눈에 쏴보다 또 한땐 그 끔찍한 시절 산에 오른 놈들을 한 방에 날려 보낸다고 불호령하다 툭 튀어난 아이주먹만한 눈망울. 이제 고난의 날 다 지나보내니 오늘은 옆집 할아범같이 미소 인자해 보인다. 늦가을 옴친 하늘 아래 내 귀로 온다. 온갖 풍우에 버둥대 온 세월 위로 질척이며 내리던 그때의 빗소리 그때의 바람소리.

종이와 잉크

목마를 때 넌 나의 타는 영혼에게 물을 뿌려 주곤 해. 몇 모금 물이 아닌 그건 말이었어, 말하는 글이었어. 그것들이 잠드는 집이었어. 어느 날 순백의 평원에 풀이 돋아나 질펀하면서 너와 난 생애의 아름다운 날을 함께 눈 시리도록 노래하기로 했던 거지. 네 말은 그리지 않아도 그림이 되고 칠하지 않아도 채색이 되는 거야. 과장도 생략도 아니야. 날갯짓하는 상상이야. 속절없어도 싱그럽게 산다는 것의 속정을 풀어놓는 것이고. 그건 탑이었어. 높지 않아도 시간이 내려앉아 기단이 단단한 탑, 돌옷 푸르게 껴입은 오래된 블랙박스. 거기 발돋워 기댔다 한 줄금 파닥이며 날아오르는, 내 시야.

종이컵

언제부턴가 출생 이력 따윈 지워 버렸거든.

일절 안 묻기로 했고 하루를 살아내는 데만 몰두하기로 했거든.

속이야 뒤집히지만 자존은 버리기로 하고 있는 듯 없는 듯 처신하기로 했더니 속 편하거든.

커피거나 녹차거나 물이거나 상관없는데, 비운 뒤가 가탈이거든.

꽁초를 비벼 끄는 건 화형이거든.

목 가랑거리다 뱉는 침을 받아먹기까지 하지만 이게 다 운명이라 하여 한마디 구시렁거린 적이 없거든.

종당에 잔뜩 구겨진 뒤 길바닥에 팽개쳐선 우악스러운 발길에 채고 밟혀도, 어쩌겠나, 이왕 선하게 먹은 마음 불변이거든.

먼 산 바라보다 맥없이 돌아앉아 한숨 쉴 밖엔.

보청기 시대

한때 난청이었다
내게서 소리의 흐름이 뚝 멈추는 소리가 벽력같이 들렸다
최후의 탄성이었다
이후, 적막한 세상에 고독했다
소리의 추억에 견디지 못해 거의 울먹이게 됐다
보청기를 넣게 된 소이연이다
밖으로 나돌던 소리가 안으로 흘러들었다
문제가 생겼다
잊었던 소리와의 재회가 어디서 맛 들였던지 탐욕을 끌어 들인다
취사선택하면 좋은데 완벽한 청취는 피로만 가중시킨다
나이에 걸맞게 살아 좋은 것을 파장만 불렀다
그런다고 내 일부로 틀어 앉은 걸 몽둥이 들고 쫓아 낼 수도 없고
보청기 시대가 새로운 분란을 부추긴다
다시 흔들리고 있다.

6.

목물
가정법
스산한
사랑에 관한 담론
자화상 2
자화상 7
경이驚異
소실점
직유 시편
행장行狀
치통 유래담
사색의 숲

목물

복날
아버지 등에
바가지로
물을 퍼부었다

엄하시던 어른도
시원하다며
웃었다

열한 살이
가슴
뭉클했다

아버진
등이 시원했고
난

마음이 더웠다

목물.

가정법

습관처럼
욕망의 경계를 기웃거리며
사위로 벋다가

'가령'
문법에 전제된 관용이 토를 달며
품 벌릴 때
밀려들면 가탈이다

'가령'에서 풀려 나오면
직립이 무너져
설 자리를 잃는다

나를 사랑하는 건
나를 떠나 내 자리에 서는 것

'가령'의 실험된 실체는

'그랬다'로 완료된다
그것은
애진즉 허무.

스산한

산에 살던 까마귀 너덧 마리 마을 어귀에 와 언 땅 쪼며 두리번거린다. 무모한 입질이다. 먹잇감 없을 것인데 날갯죽지 들추는 삭풍에 헛걸음질 뒤뚱거리는 걸 보니 옛 터전에 정 붙이기는 그른 것 같다. 반기는 이 없는 마을이 떠나 있던 긴 시간만큼 낯설어 기억에 남은 언저리를 빙빙 맴돌다 투덜투덜 지친 날개로 돌아가려나. 부질없이 부리로 다시 빈 들판을 쪼는 도로가 한동안 이어지고 까마귀들 지금쯤 바람 거칠고 눈 하얗게 내렸을 산 쪽으로 다시 머리를 틀어 첫 추위 온 날 흐린 눈빛이 스산한 오후.

사랑에 관한 담론

모를 일이다
사랑에 관해선 많은 말을 할 것 같은데
막상 하려면 입을 타지 않는다
유독 사랑에 무른가
아닌 것 같다
심지 여려서가 아니라 사랑을 붙들 힘이 허약한 듯하다
사랑에 관한 담론에 빠져 버린다
다만, 사랑은 말이 아니란 막연한 믿음이 있다
천둥치며 바람 불며 비 내리다
비 그치면 날이 갠다
천둥치며 바람 불며 비가 내려도 사랑이 있고
개어도 사랑이 있다
삼백예순날 사랑이 있다
사람으로 살려면 어차피 매여 사는 게
사랑이다.

자화상 2

한평생
혼자 걸어온 길을 돌아 나오는데
구름 따라
오랜 만에 붙들었던 웃음이 뒤로 숨고
물안개 같은
얄브스름한 기억 앞으로
해 설핏할 즈음
거기, 외줄기 흐르는 물소리에
우묵한 두 눈이
축축하다.

자화상 7

폭설에 섬이 묻혔다
백색 순일한 세상 속으로
산천초목이 묻혔다
차가 묻히고 발도 묻혔다
숲으로 난 길이 묻히면서 며칠째
끊어진 새소리
별안간
아이가 돼 눈 속으로
내달린다
산이 내리다 주저앉은 비탈
거기, 눈 속에
두 다리 묻고 서서
펑펑 쏟아지는 눈발 속으로
은빛 춤사위
억새로 흔들리고 싶다.

경이驚異

발길 끊어진 밤 이슥한 이후 길지 않은 한때 누리는 적막한 평화도 고귀하지만 수없이 거친 발길 오가는 한낮 고단한 가슴으로 품는 맹렬한 자유가 쌓이면서 한여름 지나 무서리 내린 아침 눈시울의 경계를 넘는 축축한 물기 그게 철학인 걸 알았다. 관계로부터 나와 도시의 외진 길을 걷다 그날 무심코 발끝에 차이는 인도블록 틈서리에 무성한 이끼의 싯퍼런 웃음에 으스스 몸을 떨다.

소실점

가마 속
화염 날름대는
일천 도의 고열 속으로
남몰래
청자의 속살이 익어 갈 때
바람 잦아 길
다하고 난
순간
이후로
이어지는 무념의 시간 뒤로
숨는 도공의 가는
숨결만
기억으로 남아
꽃이네.

직유 시편

직유하고 싶다

허한 영혼이 절집 앞을 서성이듯
벌레 먹어 찌그러진 감만 보면 아잇적 운동회 날
점심 바구니에 몇 알 싸들고 와 먹어 봐라
쓸쓸히 웃던 어머니 생각나듯
쉰 줄에 들어선 아들 눈 속에 첨벙이는 여직
철 안 든 날 보듯
시인 듯 시 아닌 듯
몇 줄 써 놓고 시이길 빌고
짜장 더 빌고 싶은데 허약한 믿음이 하루아침 새
강건할 리 없지만

먼 산을 지치게 바라봐도 처진 어깨
말짱한
이 이유 같은

행장行狀

생의 절반을
바람으로 헤맸고
늘그막엔
글을 생각하며
글만 쓰며 살더니
막판엔
글을
갖고 가다.

치통 유래담

평생 절굿공이처럼 찧어 온 네 노고에 숙연할 수밖에 없다

밥상에 앉으면 너그럽던 마음, 친근하던 말과 꽃으로 피어나던 싱그러운 웃음의 일들 찬연했지

네가 있음으로 누렸던 환희의 순간순간을 잊지 못한다

그새 고단했구나

오늘은 핵심을 뒤흔드는 이 아픔

아파하면서도 네 앞에 차마 낯을 들 수가 없다

이만한 아픔보다 더한 게 이 요동치는 동요가 뿌리째 뽑힐지도 모르는 그 일이다

그 불확실성에 더럭 겁이 나 밥이 목을 타지 못한다

그리 길게 남지 않았을 것이야

간청하노니, 이대로 조금만 더 질기게 앙다물어다오, 제발

사색의 숲

내 사색의 숲은 자주 변한다
햇살이 들 때는 원활한 기류의 유입으로 나를 통랑케 하나 흐릴 때는 마음의 닻에 묶여 음울하다
비 온 뒤 갑자기 불어난 개울물에도 환호하는 이 숲에 사유의 거치적거리는 일상의 나태는 없다
시간에 덜미 잡혀 주눅 들지도 않아 낮은 낮대로 구름처럼 흐르고 밤은 밤대로 아침을 위해 몸을 오므리며 잔다
그러나 사색에 빠져 앉아 있지 못하는 푸른 나무들의 직립 의지
그것들이 지금 무슨 생각에 잠겼는지 알 듯 말 듯 그것은 매우 중요한 것이 아니다
항다반사로 어제 오늘 일이 아니다
다시 흔들리고 있다.

| 에필로그 |

〈경북일보〉에 실렸던 '새벽을 여는 시'와 등단 모지 〈심상〉에 실렸던 '이 시인의 공간'을 시집 《텅 빈 부재》의 에필로그로 대신한다.

'새벽을 여는 시' (경북일보)

그 풀빛

김길웅

낯선 사람처럼
내게서
돌아앉는 이가 있다

그의
뒷모습을 보다
먼 산을 바라본다

내 무엇이 그를 보내고 있는지
속은 왜 아린 건지
아리송한데
뼛속에 들어와 앉는

한겨울 낙엽수가

그토록 그리워하는 초록
그 풀빛이다

단지
그것이다.

이 시는 한마디로 시적 함축성과 간결한 이미지를 잘 보여줌과 함께 시가 지닌 결론 또한 깔끔하고 상큼하다. 결론은 '단지/ 그것이다' 흔히 사랑을 말할 때 천 년 만 년 이어질 것처럼 말한다.

그러나 그것은 마른 풀잎을 한 순배 적시고 지나가는 소나기처럼 격정의 한순간의 포옹에서 멈추는 자연의 섭리와 다를 바 없다. 다만, 우리가 그 사랑을 지탱할 수 있는 것이 있다면, 그것은 모든 것을 싸안을 수 있는 '기다림과 그리움'의 여유만이 있을 뿐이다.

여기 중진 시인 김길웅이 '그토록 그리워하는 초록/ 그 풀빛'이 봄을 기다리는 겨울나무의 초록이든, 작자의 가슴속 영춘(迎春)의 초록이든 기다림 그 자체가 '단지/ 그것'이라는 데 이 시를 읽는 우리 모두가 동의하리라. 특히 사랑을 해 본 사람이면 말이다.

근착 시인의 제6시집 《그때의 비 그때의 바람》에서 실로 오랜만에 시 같은 시를 접하게 돼 무척 즐겁다. 제주시 출생. 〈심상〉 천료 등단. 제주문인협회 회장 역임.

-이일기 (시인. 〈문학예술〉 발행인)

• 이 시인의 공간

시인 김길웅 편

| 추임새 | ☞

'새벽→ 꽃→ 오늘.'

의당, 〈쓸쓸한 노작〉에 귀결한다.

시와 수필, 두 장르의 접목. 그것은 서정과 서사, 직선과 곡선의 충돌에서 얻어 낸 잇속으로 양자의 화해가 데려온 절충이다. 돌에 부시를 쳐서 빛을 내는 원리다. 빛은 찬연하다.

나는 요즘 일간지(제주新보, '김길웅의 안경 너머 세상' 월 4회)에 칼럼을 쓰며 '칼럼의 수필화'를 실험 중이다. 칼럼에 시적 서정의 옷을 입힌다. 대중영합주의로 가려는 것이 아닌, 글쓰기의 터수를 확보함으로써 그 본령本領을 확장하려는 의중이다. 긴장 속의 융·복합은 변용變容으로 또 하나의 창조다.

내 시의 공간은 더 이상 공허하지 않을 것이다.

새벽의 속살

김길웅

쪼글쪼글 마른 손이 싹싹 비비며 빛을 그러모으고 있다. 비손에게서 광명의 물 한 모금 받아 목축일 양으로 가파른 등성이를 어정거리는데 자꾸 헛발질이다. 자빠지면 일어나고 자빠지면 다시 일어나 중심 잡으려 해도 속절없다. 자리에 서 버린 정지된 운신에도 간밤 꾸던 미완의 꿈 한 조각 깃들어 내게 날개를 달아 주려 버둥거리는 손. 게슴츠레한 허공 속으로 만져지는 새벽의 속살에 서린 쫀득한 한 줌 온기에 돋아난 눈빛이 먼 데서 오는 말씀을 읽어 내리고 나는 어언 그 소리에 깨어나 눈 껌뻑거린다. 지워도 지워지지 않고 살아나는 음성이 높고 견고한 관념의 성채를 허물며 나를 끌어내고 있다. 문득 손을 벋어 만져지는 물컹한 살 냄새. 무명의 시간, 이슬 밟고 와 계신 어머니!

(☞ 황혼의식인가. 듬성듬성 전에도 그랬지만, 이즈막에 와 숨통을 죌 듯 우심하다.

옥상에 올라 바다로 자맥질하는 저녁놀에 눈시울 붉히는 날이 늘어

간다. 어둑하게 사상事象들을 지우며 저무는 풍경—모색暮色 속에 서면 사위로부터 와 앞으로 내리는 고요.

나는 이 시간 눈 감고 어머니를 더듬는다. '불효자는 웁니다', 사람들은 차라리 내 시보다 가요에 공명할 것 같다. 그게 두렵다. 그래서 '어머니'를 부른다.)

꽃의 이력

김길웅

걸어온 길에 대한 진술

검은 구름이 목비를 준비하며 꿈꾸어
맛깔나게 달달한 적 있었다고
그때, 꼭 쥐었던 간절한 주먹 풀며 하늘 우러러
구름 틈새로 새어나오던 한 줄기
빛에 달떠 있었노라고
뒤로, 구만리장공을 날으려 한 일이
나무를 뿌리째 넘어뜨린 바람이 침묵에 들려는 즈음
풀들 소스라쳐 일어나던 일이
신기했다고
핵심을 쥐어짜던 치통의 기억 너머 돋아나는 앳된
아잇적 웃음을 얻노라
삶이 웃는 연습에 돌입한 지 오래
생살 찢던 그 어금니 둘을 발치한 아침

동창에 돋아난 해 불끈 품다.

(☞ 마당에 더러는 꽃들이 철철이 핀다. 동백, 철쭉, 솔잎채송화, 천리향, 맨드라미, 봉숭아, 채송화, 국화, 석류, 모과….

고혹해서가 아니다. 각양의 빛깔과 맵시와 표정에 그대로 혹하고 만다. 그들의 신비는 또 있다. 섬엔 바람이 잦고 거세어 기세등등하다. 강풍 뒤면 꽃들의 생채기가 깊다. 상처 속으로 피어나는 꽃들. 자빠졌다가도 몸을 일으켜 세우며 마저 피우는 꽃의 독한 삶. 나는 얼마나 섬약한가.

꽃은 내게 '해'다.)

오늘 위로

김길웅

오늘 위로 비가 내린다
오늘 위로 바람이 오고 비 거세다
비바람이 겨울을 앞당길지라도
오늘은 엄연하고
그리하여 나는 오늘에 갇혀 버린다
하루가 지나고 나면
내일이 돼 버릴 이 시간 속으로 안도하는
전에 없던 편한 이완은 무엇인지
내가 미욱해 이럴 거라는
아이 같은 부질없는 생각이 깊어 갈 무렵
적당히 고단한 몸을 일으켜
길을 나선다
오늘 위로 비바람 어지러워도
나를 다독이는 이 길.

(☞ 나이 듦인지, 바깥출입이 가탈인 수가 있다. 세상과 통섭이 없

으면 섬에 갇히니 고독하다. 하지만 때로는 적당히 떨어져 있는 이격離隔, 이런 이완이 좋다.

그런다고 이냥저냥 살고 싶진 않다. 오늘은 항용 엄연해 변모하는 또 다른 길이다. 이 길 위에 서야 한다. 어간, 바람에 떼밀리며 살아온 이력을 나는 신뢰한다. 오늘 위로 오는 비바람, 그래도 삶은 자재하다.)

〈시작 노트〉

쓸쓸한 노작

김길웅

연일 가을비라 기분이 쌉싸래하다.

동창 앞 매실나무, 초록이 쇠락해 위태위태하다. 강풍에 잎 거지반 내리더니, 모질이도 여남은 잎, 마저 지려나.

시 한 편 쓰다 미완인 채 밀어놓은 게 그끄제. 그새, 또 하루가 절반을 접더니, 도로 반나절을 털어내려는데 나까지 부산해졌다.

새벽에 쓰던 걸 덧대 놓지 못하고 먹먹히 앉아 있더니, 쓸쓸하다.

비단 쓰는 것뿐 아니다. 하는 일이란 게 무디고 더디고 느슨해 어눌하다.

언어의 집에서 영혼이 떠나 버린 건 아닌지. 글에 말의 빈껍데기만 나뒹굴면 어찌하나. 그게 여실한 것이면, 더 가열苛烈하든지 손을 떼든지. 이제처럼 내 은유도 호흡도 없이 몇 줄 쓰는, 이 무슨 궁상인지.

"여보, 오늘은 점심 먹잔 소리가 없네. 오랜만에 고기국수 삶았는데…."

홱, 소리 나는 쪽으로 고개를 돌린다. 오후 두 시. 홀연히 허하다. 고기국수라고? 그래, 먹자. 이런 날엔 국면전환이 필요해.

늙은 아내가 혼자 앉아 웃고 있다. 풍덩, 아내의 웃음이 헤벌어진 대접 속으로 빠져든다.

좋아하는 국수다. 어쩌면 이렇게 내 속을 꿰찼을꼬. 대접을 받쳐 들고 후루룩 후루룩 국물을 들이켠다. 거푸 국수를 밀어 넣는다.

참 맛있다. 비 그쳤을까.

한데 웬 국수가 유별나다. 온통 고춧가루뿐이었는데, 햐, 이게 다 무언가. 돼지 갈비에다 양파, 호박, 대파, 버섯, 당근에 또 어묵까지. 이런 국수는 여직 처음이다.

'자신 있다는 거였구나.' 알겠다, 조금 전 찬연했던 아내의 웃음.

나도 웃는다. "여보, 잘 먹고 있소."

단숨에 비워냈다. 큰손이 담아 놓았으니 이 동산만한 포만감.

"이 배 좀 봐!"

물러나와 책상머리에 앉는다. 그새 비 개고, 동창으로 드는 가을 햇살.

눈이 번쩍 뜬다.

나는 오늘, 간신히 시 한 편 건졌다.

『心象』 2016년 7월호

김길웅의 제7시집

터 빈 부재

초판인쇄 2018년 6월 10일
초판발행 2018년 6월 20일

지은이 김길웅
펴낸이 노용제
펴낸곳 정은출판
주 소 서울특별시 중구 창경궁로 1길 29 (3F)
전 화 02-2272-9280
팩 스 02-2277-1350
이메일 rossjw@hanmail.net

ISBN 978-89-5824-367-0 (03810)
값 12,000원